Puede consultar nuestro catálogo en
www.picarona.net

GILBERT Y SUS HORRIPILANTES CRIATURAS
Texto: *Saskia Hula*
Ilustraciones: *Eva Muszynski*

1.ª edición: septiembre de 2016

Título original: *Gilberts grausiges Getier*

Traducción: *Kathy von Korff*
Maquetación: *Montse Martín*
Corrección: *M.ª Ángeles Olivera*

© 2014, Gerstenberg Verlag, Hildesheim, Alemania
(Reservados todos los derechos)
© 2016, Ediciones Obelisco, S. L.
www.edicionesobelisco.com
(Reservados los derechos para la lengua española)

Edita: Picarona, sello infantil de Ediciones Obelisco, S. L.
Pere IV, 78 (Edif. Pedro IV) 3.ª planta 5.ª puerta
08005 Barcelona - España
Tel. 93 309 85 25 - Fax 93 309 85 23
E-mail: picarona@picarona.net

ISBN: 978-84-16648-72-6
Depósito Legal: B-14.836-2016

Printed in Spain

Impreso en España por ANMAN, Gràfiques del Vallès, S. L.
C/. Llobateres, 16-18, Tallers 7 - Nau 10. Polígono Industrial Santiga.
08210 - Barberà del Vallès (Barcelona)

Texto: Saskia Hula

Ilustraciones: Eva Muszynski

Gilbert
y sus horripilantes
criaturas

Picarona

Gilbert no lo tiene nada fácil.
Vive en una casa muy peligrosa.
Algo acecha detrás de cada esquina.
Un rinoceronte enfurecido,
un lobo roñoso,
una enorme serpiente engullidora,
un cocodrilo mordaz con 200 dientes,
una pareja de buitres,
una araña venenosa
y toda una bandada de murciélagos.

Por suerte, la mamá de Gilbert tiene dominados a estos animales salvajes.
Cuando está ella, ninguno se atreve a salir.
Sin embargo, cuando la mamá de Gilbert sale de casa, ¡empieza el baile!
Los buitres se lanzan sobre los murciélagos, el cocodrilo intenta dar un bocado a los buitres,
el lobo le clava los dientes al cocodrilo, la serpiente engullidora se come al lobo,
el rinoceronte pisotea a la serpiente, la araña pica al rinoceronte
y los murciélagos persiguen a la araña.

Pero, seguramente, cuando más fieros son los animales es cuando está Gilbert sin su mamá.

Entonces, todos los animales salvajes se abalanzan sobre él
y quieren pisarlo y estrangularlo,
envenenarlo y morderlo,
masticarlo y triturarlo y,
sobre todo, comérselo con pelos y uñas.
Por eso, Gilbert nunca se queda solo en casa.
Sería muy tonto si lo hiciera.

Hasta ahora, mamá siempre ha comprendido que Gilbert
no puede quedarse solo en casa.
Hasta ahora, Gilbert todavía era pequeño.
Pero en los últimos tiempos, su mamá a veces lo mira con preocupación.
Le pasa la mano por el cabello, suspira profundamente y pregunta:
—¿No eres ya suficientemente mayor para quedarte solo en casa durante
un momento?
Gilbert se mira a sí mismo.
Cree que todavía es muy pequeño.
Al menos en comparación con el gran rinoceronte de labio ancho.

Pero, entonces, llega el día en que Gilbert se queda solo en casa por primera vez.
¡De repente y a pesar de ser tan pequeño!
—Voy rápidamente a la farmacia –le dice su mamá.
Y, antes de que Gilbert pueda decir nada, ya se ha ido.
La puerta se cierra con un golpe seco.
Ay, ay, ay.

Primero, Gilbert se queda en silencio, sentado en la mesa de la cocina.
Puede que así los animales crean que también ha ido a la farmacia.
Pero estar tan quieto cuesta mucho.
Uno no puede mover los dedos de los pies.
Uno no puede rascarse.
Uno no puede ni respirar bien.
Además, Gilbert necesita ir al lavabo.
Esto es horrible.

Porque el camino al cuarto de baño es muy largo.
Y de camino al lavabo acechan los animales salvajes.
En todas partes.
Gilbert aguza el oído.
Si se esfuerza mucho,
casi puede oír a los animales:
el gruñido del lobo.
El traqueteo de los dientes del cocodrilo.
El silbido de la serpiente engullidora.
El pisoteo del rinoceronte.
El grito de los buitres.
Y el revoloteo de las alas de los murciélagos.
Sólo la araña está silenciosa, quieta.
Esto es lo más estremecedor.

«Si al menos tuviera un aliado», piensa Gilbert.
Uno que estuviera de mi parte. El mejor, ¡el rinoceronte!
El rinoceronte es grande y potente, y sabe pisotear con fuerza.
Seguro que podría defender a Gilbert de los otros animales.
Eso, si lo quiere hacer.
Gilbert suspira.
¿Por qué no preguntarle al rinoceronte
si quiere aliarse con él?
No puede decirle más que un NO.
Pero, ¿dónde está el rinoceronte?

Gilbert se baja de su silla.
Sigilosamente va hacia la puerta y mira con cuidado detrás de la esquina.
A primera vista no hay ningún rinoceronte.
Pero eso no significa nada.
Seguramente se ha escondido.

Gilbert echa un vistazo bajo el banco de los zapatos.
Pero el rinoceronte no está allí.
Mira detrás del colgador de la ropa. Tampoco está allí.
Se desliza debajo de la escalera y detrás de la cortina,
y abre todos los grandes cajones.
Decepcionado, Gilbert mueve la cabeza. ¡Qué pena!
¡El rinoceronte no está en ningún sitio!

Gilbert ya necesita ir al lavabo urgentemente.
Por eso, es también muy urgente hacer algo.
Así que piensa con detenimiento:
Ya que el rinoceronte no está,
podría aliarse con otro…
Con el lobo, por ejemplo.
También es grande y fuerte, y tiene unos ojos
amarillos y brillantes, por los que se le
reconoce enseguida en la oscuridad.
Gilbert sale a buscarlo.
Busca al lobo en todos los
lugares oscuros.
En el banco de los zapatos.
En la escalera del sótano.
Debajo de la cama.
Pero, por mucho que Gilbert lo busca,
no encuentra en ningún lugar
el brillo de los amarillos
ojos del lobo.
¡Qué mala suerte!

Ahora Gilbert ya necesita ir con mucha urgencia al lavabo.
Por eso ya no piensa mucho más rato.
Si el rinoceronte y el lobo no están,
se aliará con el cocodrilo.
Éste también es grande y fuerte,
Y, además, tiene 200 dientes.
Pero, ¿dónde está el cocodrilo?
Los cocodrilos naturalmente siempre están
donde hay agua, piensa Gilbert, y
va al cuarto de baño.
La bañera está vacía.
El lavabo está vacío.
Gilbert va a la cocina.
El fregadero de la cocina está vacío.
El lavaplatos está vacío.
¡Incluso la jarra de agua está vacía!
Finalmente, Gilbert decide ir al salón, donde se halla el acuario.
El acuario no está vacío.
Pero allí tampoco está el cocodrilo.
Así que sólo queda el inodoro.
Eso está bien, ya que Gilbert tiene que ir
con mucha urgencia al lavabo.

Gilbert abre la puerta del cuarto de baño.

Desgraciadamente hay un problema más.

El interruptor de la luz está muy alto.

Tan alto, que Gilbert no llega.

Pero, a oscuras, Gilbert no quiere sentarse en el inodoro.

Así que se pone de puntillas.

Levanta el brazo derecho y se estira todo lo que puede, y alarga los dedos
de la mano, sobre todo el dedo corazón, que ya es el más largo de todos.

Y, entonces, Gilbert llega por primera vez en su vida al interruptor de la luz en el lavabo.

Sólo con la punta del dedo corazón, pero eso ya es suficiente: ¡la luz se enciende!

Parece que Gilbert sí es un poco más grande de lo que pensaba.

Y ahora, ¡al fin puede sentarse en el inodoro!

Tampoco en el inodoro hay cocodrilos.
Pero, al menos ahora, Gilbert puede pensar con calma
con quién quiere aliarse, ya que no encuentra
al rinoceronte ni al lobo,
ni tampoco al cocodrilo.
¿Con la serpiente engullidora?
¿Con los buitres?
¿O con los murciélagos?
Y, ¿dónde están todos?

Gilbert piensa.
Y como pensar es bastante agotador, mira al mismo tiempo
a su alrededor. Mira a la izquierda y a la derecha, abajo y arriba.
Ya quiere volver a mirar hacia la izquierda, cuando su corazón da un gran vuelco.
¡¡¡Socorro!!!

¡Un animal salvaje, horrible y peligroso lo observa desde el techo del lavabo!
Gilbert lo mira horrorizado. Cierra los ojos y contiene la respiración.
Se muerde la lengua y se pellizca la pierna.

Y entonces, ¡al fin sabe
con quién puede aliarse!
Al menos hasta
que vuelva mamá.